OASIS EN LA VIDA

por

Juana Manuela Gorriti

The Clapton Press

Primera edición Félix Lajouane, Editor, Buenos Aires, 1888

The Clapton Press Limited
38 Thistlewaite Road, London E5 0QQ
www.theclaptonpress.com

ISBN 978-1-913693-08-4

JUANA MANUELA GORRITI.

OASIS EN LA VIDA.

BUENOS AIRES.

FÉLIX LAJOUANE, EDITOR.

(LIBRAIRIE GÉNÉRALE)

1888.

Índice

INTRODUCCIÓN.

Economía Política.

El sombrío Prudhon, imbuído, sin duda, en las ideas de los Santos Padres de la Iglesia que predicaban el desden por los bienes terrenales, decía que la pobreza es una ley de nuestra naturaleza, ley bajo la cual hemos sido constituidos, de donde se deduce que el pauperismo es mal que no tiene remedio ni cura.

Muy desconsolados debieron quedar los menesterosos con tan ingrata noticia, pero la actividad humana, que no siempre se lleva de teorías, ha venido á confortar á los aflijidos trayéndoles más plausibles nuevas y muy eficaces promesas. La industria, con sus innúmeras palancas de impulsión; las ciencias, con sus multiplicados alfileres de examen; el cálculo, con su previsión y su aritmética; todos estos agentes de la vitalidad social, han venido á operar el milagro de la multiplicación del pan y el aumento del vino, sustentando anchamente á los hambrientos y engordando, hasta más no poder, á los hartos.

La manera de realizar el prodigio lo ha dado á conocer esa venerable matrona, que los entendidos en materias graves creo que denominan Economía política. Esta tutriz moralizadora de la sociedad, evidenciando la fecundidad del trabajo y los beneficios del ahorro, se ha propuesto dignificar al hombre otorgándole los medios de sacudir el vasallaje servil de la indigencia.

El ahorro, tomando forma colectiva, ha dado origen á la más preciosa de las combinaciones especulativas: á la que tiene por objeto asegurar el bienestar individual en vida y garantir el porvenir de los que quedan, después de concluida la jornada.

Este tema, abstracto de suyo, y que parece ageno al dominio del arte, acaba de ser desenvuelto por la ilustre escritora cuyo nombre ocupa tan elevado rango en la gerarquía del movimiento intelectual americano.

Es atributo de las inteligencias creadoras trasformar y embellecer las ideas que pasan por su espíritu; parece que poseyeran ese don vivificador de la lujuriosa primavera que todo lo hermosea, lo cubre de flores y lo esmalta de celajes.

Por si existe incrédulo que ponga en duda el aserto, invoco por testigo, en mi abono, el presente libro.

Su autora comprueba, bajo la forma atrayente de la novela, los beneficios que reportan el trabajo, la perseverancia y el ahorro: nunca un tema económico ha sido tratado con más galanura, con más gracia picarezca, ni con más natural é ingenua intriga.

Después de recorrer este trozo de historia social, cuya trama la forman las peripecias de dos caracteres nobles y fuertes, se encuentra no sé qué de consolatorio, de purificador, en medio de la arenosa senda por donde nos conduce diariamente la mano de la tristeza.

Si la misión de los cultores privilegiados del arte es la de alentar, la de consolar, la de dilatar el horizonte de la esperanza, la prestigiosa autora de estas páginas ha sabido encerrar en ellas, suficientes rayos de luz para satisfacer la ansiedad de las almas soñadoras, y bastantes rosas para coronar, aunque ellos no lo quieran, la adusta efigie de los más hipocondriacos economistas.

S. Vaca-Guzmán.

Diciembre 22 de 1887.

OASIS EN LA VIDA

Á «LA BUENOS AIRES»

LA AUTORA.

I

— ¡Bah! — exclamó Mauricio Ridel, arrojando la pluma después de escribir la palabra FIN bajo la última línea de una cuartilla marcada con el guarismo 60.

— ¿Qué es eso? — interrogó un joven que escribía allí cerca.

— El postrer párrafo del folletín— respondió Mauricio, alargando la hoja á un cajista que aguardaba.

— ¡Cómo! ¿Mañana acaba Chamusquinas de Amor? Hoy quedaba su héroe en una situación extrema: la mano armada de un revólver, esperando para morir el primer rayo de sol; y ya, este comenzaba á dorar las copas de los árboles; y al verlo, «Enrique apoya el arma contra el corazón, enviando á María su último pensamiento; á Dios su última plegaria.» — ¿Muere?

— Nó; porque— «De repente, un brazo cariñoso rodeó su cuello; un rostro pálido y mojado de lágrimas se apoyó en su rostro. . .

« — Perdón!

« — Perdón! — se oyó á la vez. . .

«Y el primer rayo de sol aguardado como una señal de muerte, fué la aurora de su felicidad».

— ¡Bien! ¡oh! ¡Qué bien!— aplaudió el otro; y añadió con

dramático ademán:

— ¡Ah! que no haya para nosotros, párias del destino, ¡un rayo de sol que venga á redimirnos!

— Sí: y más que uno: dos — repuso Mauricio. — La resignación y el trabajo.

— ¡La resignación! ¡el trabajo! — replicó el interlocutor con forzada risa.— Solo tú puedes decir eso; tú, que no contento con la tarea diaria, la has subido á catorce horas. Catorce horas, pluma en mano, encorvado sobre la implacable cuartilla, y precisamente, apenas en convalecencia de la terrible herida que casi te lleva al sepulcro.

— Sin embargo, ya lo ves: estoy sano y fuerte. Un poco de sueño; á veces, un poco de fatiga; pero se piensa en el fin propuesto, y todo eso vuela y se desvanece.—

Hablando así, Mauricio consultó su reloj.

— Las siete — Y levantándose, fué á tomar de una percha su sombrero.

— ¡Las siete! ¡Con qué desenlado lo dices! ¿Sabes que has estado sentado ahí, escribiendo desde las nueve? ¡Diez horas! ¡Ah! hombres como este son un pésimo ejemplo en la Redacción.

— Y tú, que así hablas, querido Emilio, eres uno de sus mejores obreros.

— A más no poder: Sábelo.

— Notificado — dijo Mauricio, sonriendo. — Ruégote que al salir digas al Regente que me tenga listas las pruebas para las once.

— Y corrección hasta las dos de la mañana. Suma: ¡catorce horas! . . . ¡Adiós, escriba!

— Adiós, fariseo.—

Y ambos rieron.

Mauricio cerró su carpeta y se fué.

Emilio se extendió perezosamente en su silla; encendió un cigarro, que aspiró con ansia; y arrojando una larga espiral de humo, entornando los ojos — ¡Deliciosa fruición! — exclamó: — ¿qué no haces tú olvidar?. . . Y sin embargo, Mauricio te desdeña. Uncido á un rudo trabajo, pegado ahí, á esa mesa de redacción, hasta los codos en la sección editorial; cronista, traductor, folletinista, corrector de pruebas: ¿á qué móvil obedecerá ese anhelo de aglomerar sueldos? Él, no es avaro ni derrochador; no frecuenta clubs ni bailes; por tanto, ni juega ni galantea. En los teatros tiene las entradas de periodista. ¿A qué tanto afán de ganar dinero? ¿qué hace de él? No es mucho, en verdad; pero ¿qué hace de él? Enigma insoluble es para mí este joven, tan franco, sin embargo, y tan bueno. . .

Y Emilio dejando la pluma en largo holgorio, quedóse engolfado en sus pensamientos y en el humo de su cigarro.

II

Mauricio se alejó con el paso presuroso, habitual en aquellos que tienen contado el tiempo. Aunque en la plácida edad de veinte años, y bello y apuesto, hay en la expresión de su semblante esa gravedad melancólica, signo de un destino adverso.

En verdad, adverso había sido el destino para Mauricio: adverso desde la cuna, mecida por manos extrañas, desierta de cuidados y caricias.

Y no fué esto solo ¡ay! no fué esto solo.

Carlos Ridel, subyugado por una pasión que causó la muerte á su esposa, llevando todavía el luto de la viudez, dio una sucesora á la difunta ; á su hijo una madrastra.

¡Madrastra! Al solo pronunciar esta palabra de aspereza siniestra, compréndese la tristura de esos pobres niños que crecen temerosos, acoquinados, bajo aquella sombra fatídica. Para ellos no existen las alegrías del hogar. Siempre espiados por la mirada suspicaz de un fiscal inexorable que les achaca á delito su gozosa turbulencia, su inocente espontaneidad, vuélvense taciturnos, desconfiados; ocúltanse para reir; ocúltanse para llorar; y en el primer albor de la vida, aprenden esa triste ciencia de la vejez: el disimulo. ¿Ni qué otro recurso les queda? ¿A quién volver sus ojos?

La casa paterna se ha tornado para ellos en campo enemigo, donde todo les es hostil, hasta su mismo padre á quien no le es dado mostrárseles propicio, so pena de despertar celos retrospectivos, que empeoren la situación tristísima de esos náufragos de la vida.

Tal suerte cupo á Mauricio.

Víctima de una semejanza que importunaba á su padre como un remordimiento, á su madrastra como una visión de ultratumba, vióse un dia arrebatado de su casa y entregado al capitán de un buque inglés, que lo llevó á Europa y lo encerró en un colegio.

Aunque del hogar de sus padres, el pobre niño, solo guardara crueles recuerdos, la lengua materna, el suelo de la patria, su aire, su luz, éranle necesarios, y languideció, echándolos de menos.

Por dicha suya fué el «bello país de Francia,» la hospitalaria Paris, el lugar de su destierro. La bondad característica de los hijos de aquella tierra, tiene, en todas las clases sociales, desde el aristócrata hasta el obrero, una gracia irresistible que cautiva el alma y mata toda nostalgia.

Desde el sabio Blain, director del colegio donde fué el niño consignado, hasta el ama de llaves, la buena Colombe; desde los alumnos hasta los profesores: todos acogiéronlo con tan benévola conmiseración, que primero la serénidad y luego la alegría, vinieron como nunca, expansivas á aquel pobre corazón, por tanto tiempo oprimido. El desterrado comenzó á encontrarse feliz en su nueva familia.

— ¡Ah! — pensaba, recordando el pasado. ¿así se ama, se acaricia y se protege? ¿Porqué no he conocido yo hasta hoy, estos bienes?

Y refugiábase en esa atmósfera de calurosos afectos; y sentía el dulce bienestar del que renace á la salud después de una larga enfermedad.

III

Los años trascurrieron así, con sus épocas clásicas, en la vida del niño. Los exámenes; los premios; el paso á estudios superiores; el del vestido infantil al traje viril; la primera comunión. . .

¡Qué ceremonia, á la vez tan imponente y tierna!

Cumplido en él, el divino misterio, de rodillas ante el altar, el niño tiende la mano sobre el Sagrado Libro y jura ser virtuoso y bueno. El celebrante lo bendice y coloca en su pecho una reliquia. La voz del órgano derrama gozosas notas; nubes de incienso se elevan á lo alto de la bóveda; y en la nave central, las madres aguardan con el llanto en los ojos, en el labio la sonrisa. Mauricio vio á sus compañeros ir hacia ellas y caer en sus brazos.

¡Ay! él estaba solo!

Ni padre ni madre que lo aguardaran; solo en esa hora solemne de la vida.

¿Solo?

No: ahí estaba Mr. Blain que le sonreia; ahí estaba la buena Colombe que le tiende los brazos y lo contempla enternecida.

— Ama — díjole Mauricio — ¿Quieres que te dé mi reliquia? Mírala: es muy linda: *Notre Dame du bon Secour*.

— No, hijo mío— respondió la vieja sirvienta, volviendo la reliquia al pecho del niño.— Este recuerdo le es debido á mamá. Envíaselo dentro de tu primera carta.

La hora, el lugar, la escena imponente en que acababa de actuar; la voz del órgano; el humo del incienso; las sagradas preces; todo esto despertó en el alma del niño una emoción profunda, al oir las palabras de la vieja Colombe. La luz de un lejano recuerdo brilló en su mente, mostrándole allá, como entre las nieblas de un ensueño, la figura angelical de una mujer que lo miraba sonriendo.

Sonrióle él también, y dos lágrimas se desprendieron de sus ojos.

Colombe las comprendió. Besó la santa imagen; guardóla en su seno; y en la noche, á la hora de acostarse, Mauricio la encontró á la cabecera de su cama.

IV

Desde ese dia un notable cambio se efectuó en su carácter. A la inquieta turbulencia del niño, sucedieron la mesura y la reflexión del hombre; al gusto por los juegos, el amor al estudio; á su indiferencia cosmopolita, el sentimiento exaltado de la nacionalidad.

Cuando en los dias clásicos, al flamear de la bandera tricolor, sus compañeros cantaban: «*Allons enfants de la patrie*», Mauricio buscaba en el cielo, el azul pabellón; y del fondo de su alma exhalábase el grito sagrado del himno nacional. Allá, surgiendo de las brumas del lejano pasado, la imagen de la patria aparecíale con su inmensa pampa, su magestuoso rio, sus cerúleas lontananzas, llamándolo con poderoso reclamo.

Pero ¡ah! siempre que estas luminosas imágenes visitaban su mente, un siniestro recuerdo venía á oscurecerlas. Su madrastra. Este sentimiento de repulsión creció más todavía, cuando Mauricio comprendió por las cartas de su padre, la humillante dependencia en que yacía. Cada frase parecía consultada, corregida ó dictada por el déspota que leía sobre su hombro.

El joven vertía sobre ella lágrimas de indignación y de dolor; y una palabra de uno ú otro, contenían sus respuestas.

Así, la correspondencia entre padre é hijo tomó un carácter de acritud que, poco á poco, degeneró en frialdad.

Y, cuando á la edad de diez y ocho años, acabados sus estudios y rendido con brillo el último examen, su padre le habló de regreso, —Amo á mi patria y anhelo volver á verla – respondió Mauricio, – Amo á mi padre y deseo estrecharlo en mis brazos; pero no podría presenciar el espectáculo vergonzoso de su servidumbre; y porque lo amo; y porque lo respeto, prefiero un eterno destierro.

A esta declaración siguió un profundo silencio; y como única respuesta Mauricio recibió una carta que contenía inesperadas revelaciones. Suscribíala el escribano D, uno de los hombres mas honorables de Buenos Aires.

– «Alejados y sin conocernos uno á otro – decíale éste – únenos, sin embargo, el mandato de una persona que ya no existe; y que para mi fué por esto, más sagrado. – Y proseguía:

– «Hace quince años, fui llamado un dia á casa del señor Carlos Ridel, cuya esposa, en trance de muerte, debía otorgar testamento.

«Mi colega, el señor R, autorizaba el acto; y yo creía haber sido requerido como testigo, cuando la testante, habiendo declarado que dejaba á su hijo único, Mauricio Ridel, el valor de doscientos mil pesos en propiedades urbanas y rurales, volviéndose á su esposo, pidióle permiso para instituirme á mí, hasta la mayoría de aquel, guardador de dichos bienes.

«Repugnábame una misión visiblemente motivada por disensiones conyugales; pero los ojos de la moribunda enviáronme una mirada de angustioso ruego, que me hizo aceptarla.

«Ella entonces suspiró como aliviada de una grave preocupación; estrechó mi mano con gratitud, y murió en paz.

«Yo he cumplido fielmente el deber que me impuse: he administrado esos bienes con el acierto que dá una larga experiencia en los negocios; los he conservado, los he hecho fructificar: pero siempre en el limite que mi delicadeza me prescribía: no como guardador, sino como administrador, rindiendo cuentas de mi cometido y entregando al señor Ridel las fuertes sumas que producen.

«Hoy me ha hecho saber que V. se ha emancipado; y que, por tanto, la ingerencia que yo le daba en los asuntos de su hijo, ha cesado.

«Por consecuencia, y persuadido de que él habrá informado á V. del estado floreciente de su fortuna, no solo por mi buena voluntad en su administración, sino á causa del subido precio que ha adquirido la propiedad, réstame solo ponerla á su disposición, y pedirle se sirvo impartirme sus órdenes».

Esta carta de un tutor hasta entonces ignorado, fué un rayo de luz en el misterio que rodeaba el pasado de Mauricio, y efectuó un cambio favorable en su destino.

Alejado de su padre, por la funesta influencia que se alzaba hostil entre ambos, el hijo desechado, bendijo la ternura previsora de aquella madre moribunda, que viendo cernerse la desgracia sobre la cuna del niño que le era forzoso abandonar, había querido, asegurándole una fortuna independiente, preservarlo en los azares del porvenir.

Mauricio expresó su profunda gratitud al honrado escribano; confióle los dolorosos motivos de su doble ostracismo; y le suplicó, en nombre de aquella cuyo encargo había tan noblemente cumplido, quisiera favorecerlo á él, continuando en la administración de aquellos bienes, para lo cual le confirió un pleno poder.

V

Las lágrimas de una infancia desamparada y las tristezas de su juventud, sin patria, ni hogar, habían dado al carácter de Mauricio una gravedad melancólica que, alejándolo de los placeres bulliciosos de sus compañeros, lo preservó de la disipación.

Así, cuando libre y en posesión de una fortuna independiente, podía entregarse á los goces que París ofrece con mano pródiga, él, sin esfuerzo, sin sacrificio, consagróse, á una vida de labor intelectual. Frecuentó la Sorbona, los Institutos, las academias las bibliotecas. Arrojóse en el periodismo y tomó activa parte en los trabajos de uno de los principales diarios de París, haciéndose notar por su brillante estilo y la originalidad de sus ideas.

Ensayó la novela; y muy pronto los folletines firmados por Valerio — su seudónimo — fueron leidos con entusiasmo, sobre todo por las jóvenes, que encontraban en sus páginas, á vueltas de los pálidos excepticismos de la época, el color ardiente de la pasión.

Era que el ideal evocado en sus creaciones, despertaba y hacía palpitar un sentimiento que hasta entonces yacía latente en el alma de Mauricio:

— El amor—

Y aunque más de una vez, las seducciones de la mujer habían deslumbrado sus ojos, rozado su epidermis, jamás lograron llegar á su corazón.

Tres años pasaron para Mauricio en aquella vida activa del espíritu. Proponíase ensancharla con viajes de recreo en torno á Europa y con la fundación de un periódico de espíritu americano, que uniese en un contacto intelectual más íntimo, los dos continentes; trasfusionando en la savia cansada y empobrecida de uno, la savia rica y joven del otro.

¡Ah! de todas las vanidades que deplora el Sagrado Libro, ninguna tan vana como nuestros proyectos! Creo haberlo dicho ya, en otra ocasión. No importa: las frases son las mismas, cuando es idéntica la situación.

En el momento que Mauricio preparaba la realización de tan lisongero propósito, una carta de Buenos Aires, portadora de fatales nuevas, vino á destruir sus proyectos y sus esperanzas.

«Deber del hombre es ser fuerte y resignado, mi querido Mauricio — decía el escribaño D en aquella carta. — Por tanto, valor y resignación.

«El padre de Vd. ha muerto. Envuelto en una quiebra producida por la fuga de un socio bribón, falleció víctima de una congestión fulminante. Los acreedores se presentaron munidos de sus derechos, y obtuvieron la liquidación.

«Pero como el socio (hermano de la señora Ridel) había sustraido en su fuga todo el numerario existente en caja, quedó un enorme pasivo, que toda la fortuna particular de Carlos Ridel, no ha sido bastante á cubrir.

«Bajo el peso de tres catástrofes: la infame fuga de aquel hermano, impuesto por ella á la sumisión de su marido; la súbita muerte de éste, y la miseria que le aparecía con su séquito de humillaciones, la desventurada mujer enloqueció. Silenciosa, sin lágrimas, huraño el ademán y fija la mirada, escuchó la intimación de desalojo; y cuando intentaron hacerla salir de su casa, subióse á lo alto del mirador que coronaba el edificio, abrió un balcón y se arrojó á la calle.

«Cuando la levantaron de la vereda estaba muerta».

La carta cayó de las manos de Mauricio que lloró con lágrimas de dolor á ese padre dé quien no había recibido ni cuidados, ni caricias, pero cuyo desvío disculpaba, atribuyéndole su verdadera causa: la debilidad humana.

Mas, luego, secando sus lágrimas, escribió rápidamente, cual si temiera que su carta no llegara á tiempo:

— Ponga Vd. inmediatamente á la orden del Juez que entiende en la liquidación de los bienes de Carlos Ridel, todos los que de mi propiedad están bajo la administración de Vd. —

Aquella carta iba acompañada del poder especial para el acto. . .

— «Todo se ha perdido, menos el honor — escribía á Mauricio el buen tabelión.

— «Puestas en remate las casas de Victoria y Cuyo y los campos de El Rosal, han producido ciento cincuenta mil pesos oro. Había además en mi poder diez mil nacionales, valor de alquileres cobrados de las dos propiedades y que también entregué.

«Canceladas las deudas con el valor de los bienes que durante diez y siete años he administrado, el síndico del concurso me devolvió dos mil pesos moneda nacional, importe de la letra adjunta.

«El noble sacrificio que Vd. ha hecho á la memoria de su padre, es solo el cumplimiento de un deber: lo sé; pero, como tales virtudes son cada dia mas raras, permítame felicitarlo.

«Si la experiencia de un anciano mereciera ser escuchada, yo aconsejaría á Vd. el regreso. El regreso es también un deber para Vd. El hombre se debe á su país, que reclama su presencia y todos los actos de su vida. Además, en Buenos Aires que se agita á impulsos de un inmenso progreso, podrá Vd. con el trabajo rehacer su fortuna».

Así también pensaba Mauricio. Solo en el mundo, sin

familia, sin fortuna, ningún vínculo ligaba su vida, si no era el sentimiento nacional, que malgrado el tiempo y la ausencia, vivió siempre, puro y ardiente en su alma.

Y cuando las puertas de la patria se abrieron para él, aunque por la mano severa de un desastre, el pobre desterrado apresuróse á volver á ella.

Sin embargo, Mauricio amaba también la Francia. Allí su niñez desamparada, había encontrado el calor de una benevolencia tutelar; allí comenzaron á formarse sus ideas y sus sentimientos; allí se abrió su alma á la vida intelectual.

Sangraba su corazón al dejar aquel país riente y hospitalario; al decir adiós á sus amigos, á sus compañeros en las tareas del espíritu; á sus antiguos profesores; al sabio Blain y hasta a la buena Colombe: á ella sobre todo, tan buena y maternal para él, en la orfandad de su infancia.

Al separarse de ellos, al alejarse de París, llorando, Mauricio recordó el dia que, llorando también, allí llegara: un dia helado de Diciembre.

El pobre niño seguía penosamente, con sus pequeños pasos, el tranco largo del capitán inglés que lo había traído á su bordo, con el mismo despego que ahora lo guiaba á pié, al través de largas calles. Tenía frio, tenía cansancio, tenía miedo. Lloraba, sintiéndose solo en esa ciudad inmensa, entre una multitud que hablaba un idioma desconocido; bajo un cielo gris, de donde llovían copos de nieve que caian sobre sus mejillas y coagulaban sus lágrimas.

Manos piadosas lo recibieron de aquel hombre, que lo entregó con indiferencia, y se alejó sin dirigirle una mirada. Acojido con amor, tratado con los tiernos cuidados que la piedad consagra á la infancia, su alma, hasta entonces reconcentrada, entumecida, abrióse á los afectos de la amistad, de la gratitud; y echó dulces raíces en esa plácida etapa del bienestar y de bonanza que era ahora necesario abandonar.

Así es la vida: perpetua nostalgia!

VI

Mauricio llegó á Burdeos cuando el vapor «Senegal» aguardaba á sus pasajeros en la rada de Pouillac.

Quedábale una hora, que empleó en la visita de adiós á un amable anciano, un digno funcionario argentino, que, más de una vez, habíalo halagado con su aprobación y felicitaciones, cuando en la prensa francesa, Mauricio había alzado la voz para defender los intereses del Plata.

¿Quién no conoce por su patriotismo y su caballerosa hospitalidad al Sr. Santa Coloma, Vice-Cónsul Argentino en Burdeos?

El distinguido porteño acojió al joven compatriota con cariñosa conmiseración. Por los diarios de Buenos Aires y su propia correspondencia, éranle conocidas sus desgracias y su noble abnegación.

Deploró los desastres con que la Providencia había querido — díjole — probar su fortaleza. Y mezclando á sus frases de condolencia, palabras de aliento, exhortólo á la entereza, á la serenidad, á oponer á la desventura, el valor y la resignación.

Conociendo su fuerza en el periodismo, aconsejóle seguir en él, y preferir para ofrecerle sus trabajos un órgano neutral, en que pudiera alejarse de la política de partido, que tanto amengua al hombre, y militar en la de ecleptisismo, que lo eleva y dignifica.

— Ahora— terminó, consultando su reloj – venga un abrazo . . . fuerte .... así, bien fuerte.

Me privo del gusto de presentar á Vd. mi gente, porque están tristísimas con la despedida de una amiga que se marcha, precisamente, por el mismo vapor que Vd . . . ¡Ah! hé ahí, por ejemplo, un modelo de valor y de resignación: esta joven hija de Buenos Aires, vino hace tres años para perfeccionarse en sus estudios musicales. Su padre, ingeniero en comisión, regresó á Buenos Aires dejándola en casa de una parienta lejana.

En estos tres años, hizo Julia progresos que maravillaron á pianistas de fama europea. Pronta estaba ya para el regreso; pero su padre, que vino á buscarla, á su paso por Rio Janeiro contrajo una fiebre, y murió apenas llegado aquí.

La pobre niña ha quedado sola en el mundo, hundida en el dolor; pero no se ha desalentado. Rendidos al padre los últimos deberes, vuelve á Buenos Aires, donde vá á buscar en el trabajo la subsistencia. . .

Pero, qué charlar de viejo! Dirá Vd.

— ¡Oh! no señor, que me interesa profundamente esa joven.

— Y si puede Vd. serle útil, durante la travesía, nos

obligará mucho, á mí y á mi familia. Además, la señorita Julia López merece por sí sola toda suerte de atenciones . . . Pero, hijo mió, pronto, pronto, márchese Vd., que apenas tiene tiempo de tomar el trasporte y llegar á Pouillac.

Adiós, hijo mió. Escríbame V.; y déme siempre ocasiones de serle agradable. Por su parte: «contra mala fortuna, fuerte corazón», y no olvide Vd. que el trabajo, impuesto por Dios al hombre como un castigo, es la mayor de sus bendiciones. . .

Mauricio se apartó profundamente enternecido de aquel noble anciano, tan servicial y benéfico, no solo para sus compatriotas, sino para todos los americanos que aportan á Burdeos.

Al llegar á bordo del vapor, pronto ya á partir de Pouillac, Mauricio encontróse en medio de una escena de adioses entre los viajeros que se iban, y los que venidos á despedirlos, regresaban.

Lejos del tumulto, sola, sentada en un banco de popa, estaba una joven vestida de luto. Al verla, el nombre de Julia López vino á la mente de Mauricio. Anochecía; y la sombra de la hora y un largo crespón negro velaban el rostro de la viajera. Pero Mauricio adivinaba dos grandes ojos negros que lloraban, fijos en el lejano paisaje que él, también con dolor, contemplaba.

Un mismo duelo apenaba aquellos dos corazones: el uno

dejaba un sepulcro; el otro, la tierra de caluroso afecto que reemplazara la patria y la familia.

Catorce años antes, á esa misma tristísima hora, el anochecer, un niño, angustiado el semblante, asomábase á la borda de un buque inglés que echaba el ancla en el puerto. Sus ojos contemplaban con terror el país desconocido que tenía delante; y volvíanse llorosos hacia las azules lontananzas que en pos dejaba . . .

La vida es una perpetua nostalgia!

VII

El vapor dejó las aguas de Pouillac y siguió su derrotero entre las brumas de la noche. Cuando la luz del faro de Pouillac desapareció en el horizonte, un sollozo exhalóse bajo el velo de la viajera, que se alejó con lentos pasos.

La campana del comedor llamó á los pasajeros, que bajaron en bullicioso tumulto y ocuparon la mesa, alegres y despabilados, cual si poco antes no dieran dolorosos adioses: en el rostro la placidez de la comedia; ocultos en el corazón los dolores del drama.

Como ellos, Mauricio rió también, entregóse á las ruidosas é insignificantes pláticas de á bordo, guardando para la hora solitaria del camarote, las tristezas de su incierto porvenir.

El recuerdo de la joven enlutada vino algunas veces á la mente de Mauricio; pero en vano la buscaron sus ojos entre los pasajeros, á la hora de las comidas y en los pascos nocturnos de toldilla.

Muy luego supo que no se había equivocado al verla: que era Julia López, la joven artista de quien hablase el Vice-Cónsul Argentino en Burdeos. Supo también que á causa de su duelo, no salia de la cámara de señoras. En efecto, por más que la acechara, dirijiendo miradas indiscretas al sagrado recinto, Mauricio no logró verla...

Y solo en la noche que el Senegal paró en la rada de Rio Janeiro, cuando los pasajeros hubieron ido á tierra y el buque se quedó solitario, Mauricio la divisó de lejos, cubierta con su largo velo de crespón negro, sentada en el mismo banco en que se sentara la vez primera.

¡Ah! ¿no era aquella ocasión para dar al diablo las prescripciones de la etiqueta, que le prohibían presentarse á sí propio á la interesante joven, invocar el nombre del anciano Vice-cónsul, y ofrecerla sus servicios?

Mauricio se sorprendió anhelando una tempestad, la inminencia de un peligro, que le diera el derecho de salvarla en sus brazos.

Pero ¡ah! una implacable bonanza acompañó al «Senegal» en esos temibles mares, el resto de su viaje; y una mañana nublada, pero ya con asomos de primavera, amaneció surto en Balizas Exteriores . . .

VIII

Mauricio aspiró con ansia el aire natal. Nada más había para él en aquella soledad, que la ausencia y la muerte habían hecho en torno suyo.

Ni parientes ni amigos: extraño en su patria.

Al entrar en la Avenida Montes de Oca previno al cochero que debía alojarse en un hotel.

— ¿A qué hotel quiere ir el señor?— preguntó el automedon.

— Al que á Vd. mejor le parezca, amigo.

— ¿El señor es forastero?

— ¡Forastero! — repitió Mauricio, con amargura —Sí, forastero.

— Entonces vamos al Gran Hotel, que tiene muy buenas condiciones para los extranjeros.

— Pues, al Gran Hotel, mi amigo. Lleve Vd. allí mi equipaje y entréguelo con ésta tarjeta.

— ¡Cómo! ¿el señor no viene también?

— Yo iré á pié para mejor ver la ciudad. ¿Dónde está el Gran Hotel?

—Cangallo entre Reconquista y. . .

— Bien, bien: ya lo hallaré. —

Y Mauricio echó á andar á lo largo de la Avenida Montes

de Oca y desde allí siguió entre quintas, chalets, jardines y vergeles. Los tristes pensamientos que al llegar lo asaltaron, desvanecíanse ante el grandioso espectáculo que contemplaba.

De la Buenos Aires de sus recuerdos, solo reconocía el nombre: tan grande y bella, la gloriosa metrópoli habíase tornado. Sus calles niveladas, llenas de luz, surcadas por vias férreas, con anchas veredas y rico pavimento; sus casas renovadas, ó transformadas en palacios; sus plazas en jardines adornados de estatuas; con avenidas de palmeras, que recuerdan las grandiosidades fabulosas de la India; sus escuelas que remedan suntuosos alcázares; sus teatros visitados por las primeras celebridades del mundo, con un público de gusto esquisito, que juzga con rigor y paga con regia generosidad.

Como un talismán de preservación tutelar, en las puertas de esos millares de edificios aglomerados en aquel vasto conjunto, brillaba la placa de la Compañía de Seguros «La Buenos Aires», poderosa asociación que cuenta en su seno á los más fuertes capitalistas nacionales y extranjeros.

IX

El desterrado vagaba entre esas grandezas, solo, pobre, desconocido, como un alma en pena; pero el orgullo nacional sobreponíase á estas mezquindades, y llenaba de gozo su alma.

Antes de entrar en la morada de los vivos, Mauricio quiso hacer una visita á los muertos y dirijió sus pasos al cementerio. En los alrededores de éste, habíanse también efectuado suntuosas trasformaciones. Grutas, lagos, jardines, estatuas, habríanle hecho creer que se había extraviado, si más allá no se alzara ante él, la lúgubre fachada.

Mauricio penetró en el triste recinto. Un sepulturero lo llevó al mausoleo de su familia. Mauricio despidió al cicerone y quedóse solo.

Delante de él, colocado en un lecho de hierro, estaba el ataúd que guardaba los restos de su padre; y ¡oh! amarga ironía de la casualidad ó de la providencia! el despojo de aquella que lo dominara en vida, encerrado ahora en una caja de ébano, pesaba, todavía, como una obsesión sobre sus heladas cenizas.

En el extremo opuesto, Mauricio divisó aislado y solitario , el sepulcro de su madre; — muerta á la edad de veinte años — decía el epitafio.

A ella dirijió su plegaria y la efusión filial de su alma.

Dio una severa mirada á las otras dos tumbas, y se alejó murmurando un *requiescant in pace* de perdón.

X

El dia siguiente á su llegada, Mauricio dejó el hotel, caro para la exigüidad de sus recursos, y tomó alojamiento en una casa de huéspedes, indicada por el que fué su tutor. Una vez instalado, buscó trabajo en uno de los diarios más acreditados de Buenos Aires. Su director, que es un distinguido literato y, además, un hombre de corazón, hizo al joven una acojida tan amable como alentadora. Ofrecióle su amistad, y desde ese dia, dióle trabajos importantes en la sección editorial del diario. . .

No había pasado una semana de la instalación de Mauricio en la casa de huéspedes, cuando por una de esas evoluciones de barrio tan frecuentes en esta época de transformación material, aquel edificio fué expropiado é intimada orden de desalojo.

Los huéspedes se dispersaron; y Mauricio, habiendo de buscar nuevo domicilio, recordó que en la guia había visto la existencia de un pensionado que una señora francesa, madame Bazan, tenía en la calle más cercana á las oficinas de su diario. Contento de esta circunstancia y anhelando volver á vivir en un interior francés, fué á pedir hospedaje en aquella casa. Madame Bazan, una amable vieja, entre cincuenta y sesenta, recibió con agrado á Mauricio.

— Con gran pesar mió — le dijo — me es imposible recibir á usted. Mi pensionado es rigurosamente femenino y de familias en las que no hay varones.

Capricho ó razón, por acuerdo general, los hombres están excluidos de este gineceo, verdadera sucursal del antiguo Port Royal de célebre memoria.

Ah! lo deploro . . . Pero— insistió Mauricio — mi querida madame, paréceme que siendo yo por mi continua ausencia de la casa, un huésped invisible, bien pudiera relajarse en mi favor, algo de ese terrible rigorismo.

— Es verdad. Yo lo desearía, por lo menos. Pero ¿qué hacer? Así lo quieren estas señoras. Son veinte, entre ancianas y jóvenes; ocupan toda la casa: tienen, por lo tanto, derecho á vivir según su gusto. No obstante . . . quizá pueda yo arreglarlo de algún modo. Desde luego, y con sentimiento le digo que no puede ser V. mi pensionista.

— Me contentaré con que usted me admita como inquilino invisible.

— Contando, desde ahora, con fuertes resistencias, voy sin embargo, á proponerlo á mis huéspedas; por supuesto, alegando en gracia del solicitante, las razones por él expuestas. Venga usted á verme mañana.

XI

Desde que lo vio llegar, madame Bazan tendió á Mauricio las manos.

— ¡Triunfamos! —exclamó, con la espontánea alegría francesa.

— Reunido anoche mi areópago á la hora del té, expuse el caso con todas sus atenuantes modificaciones. ¡Quién lo creyera! La sección joven fué á V. adversa. ¡Y dicen que la juventud es indulgente! ¡Qué error! Apenas, las viejas, en mayoría, lograron triunfar, no sin el rigoroso aditamento de — forzosa ausencia de la casa, *desde primera hora hasta la hora del sueño*.

Venga usted á ver el cuarto que le destino. Es el único que un hombre puede habitar en esta casa, verdadero monasterio, dónde solo faltan la toca y el sayal.

Y empujando una puerta que abría en el zaguán, hizo entrar á Mauricio en una pieza pequeña, pero aseada; cubiertas sus paredes con papel de ramajes azules en fondo blanco.

Frente á la ventana, que recibía luz de la calle, una puerta empapelada como las paredes, clavada una percha en lo alto del marco y oculta bajo una cortina de damasco azul, hacía veces de ropero, cegándola comunicación con la vivienda vecina.

Cubría el piso un tapiz de hule; y el mobiliario componíanlo una cama de nogal con dos colchones, dos almohadas y mosquitero de gasa blanca; un velador, un lavabo con juego de porcelana, una cómoda, dos sillas y una mesita central

—¡Magnífico! Hé aquí cuanto necesito dijo Mauricio, estrechando gozoso la mano á madame Bazan.

XII

Aquel mismo dia mandó allí su modesto equipaje, que la camarera instaló, arreglando el pequeño cuarto, á pesar de su deficiente mueblaje, con el realce de un buen gusto enteramente parisiense.

Cuando Mauricio vino aquella noche, á la hora del sueño, quedó encantado de su nueva morada. Todo estaba en su lugar: el gas encendido dentro de una bombita de cristal, sobre la mesa del centro; la bugía en el velador, al lado de la garrafa de agua y el vaso de cristal de roca; la cama abierta, mullidos colchones y almohadas; sábanas y cobertores sahumados con la alhucema; en el lavabo preparado el baño.

La puerta-ropero guardaba los vestidos de Mauricio, bajo la cortina de damasco azul; la cómoda sus corbatas y ropa blanca.

Sentíase allí la mano de la mujer y su benéfica influencia en todo: hasta en un lindo ramilletito de violetas que desde el fondo del baño de porcelana, enviaba su perfume al pobre huésped proscrito.

Mauricio, apoyado el codo en la mesa y la frente en la mano, leía, ó más bien, distraído, divertíase en hojear un libro, señalando con los dedos, á la ventura y á largas distancias en la página, frases que, reunidas, formaban absurdos ó sentencias, que lo hacían sonreír ó meditar.

En una de esas casuales agrupaciones, leyó:

—En toda existencia humana hay un minuto esperado ó fortuito, solemne ó trivial, que decide del destino entero.

Mauricio sonrió. —-¡Perogrulladas!- — iba á decir, á tiempo que una ráfaga de melodía, que parecía venir detrás de la puerta-ropero, invadió el silencioso cuarto. De seguro pertenecía á un Steinway, el teclado que una mano ligera, experta, suavísima, recorrió con un arpegio tenue como el rumor de la brisa, seguido de las primeras notas del valse de Julieta.

Mauricio, inmóvil, comprimiendo el aliento, escuchaba aquellas notas que como una misteriosa corriente, llevaban su pensamiento lejos en el tiempo y en el espacio, allá, á bordo del «Senegal,» al caer el crepúsculo, en la rada de Pouillac; y en la bahía de Rio Janeiro, en una noche primaveral. Pero como si la artista hubiera adivinado su presencia, el piano calló.

—Es una de las enemigas que rechazaron mi admisión—-pensó Mauricio.

Aquella noche, fantásticas visiones visitaron su sueño. Ora bajo la aérea forma de una virgen, sonreíale el valse de Julieta; ora, en letras de fuego llameaba la misteriosa leyenda. . .

Desde entonces, en vano Mauricio aguzaba el oído; el cuarto vecino permanecía silencioso.

– Quizá para alejarse de mí, su habitante lo habrá abandonado – pensaba Mauricio, no sin consagrar un tierno recuerdo al encantado arpegio, y al bello valse de Julieta.

XIII

Cierto dia, encargado de redactar una memoria en que le era necesario compulsar leyes y decretos, Mauricio, huyendo de la chachara de sus compañeros, resolvió hacer aquel trabajo en su habitación.

Encerrado y sin dar al exterior señal de vida, escribía en la holgura del silencio y la soledad.

A las nueve, probablemente la hora del arreglo en el orden establecido en la casa, la puerta del cuarto se abrió de repente; y la camarera que entraba tarareando una canción, al encontrarse con Mauricio, dio un grito y dejó caer escoba y plumero.

— Tranquilícese Vd., amiguita,— díjole éste, en voz baja — soy su huésped, y, por ahora, en la necesidad de sigilo y asistencia.

— Mande el señor — respondió ella, también bajando la voz — soy la camarera y estoy á sus órdenes. ¿El señor es de Paris? Habla el francés como en el boulevard.

— No, pero amo á la bella ciudad; y por amor suyo pido á ¿El nombre de Vd., amiguita?

— Renata.

— Pido á Vd. buena Renata, que me deje encerrado; y que de ello guarde rigoroso secreto. ¿Sabe Vd. que soy un vecino proscrito?

— ¡Ah! Sí. . . ¡Esas señoras! ¿Háse visto un capricho tan tonto? Aquella noche dábame ganas de entrar en el debate y decirles: ¡Insensatas! ¿qué os proponéis? En los monasterios hay un esposo: Jesucristo. Pero vosotras, ¿á qué ideal obedecéis?

—Bueno ó malo, déjelas Vd. en él. Y, que pues halla injusticia en su proceder conmigo, ruego á Vd. piense que mi ideal, á esta hora, después de haber trabajado desde las seis, debe ser ¿Qué le parece á Vd. que sea?

— ¿Descansar?

— ¡Bah! Almorzar, Renata, almorzar!

— ¡Ah! es verdad, señor. ¿En qué pensaba yo? Con gran secreto voy á decirle á madame, que me mandará servir á Vd.

— Deje Vd. tranquila á madame, y avise en el restaurant de enfrente, donde tomo mis comidas.

—Yo misma iré á buscar el almuerzo del señor y se lo serviré con tanto más gusto, cuanto que estaría cl dia entero oyendo hablar al señor. Si me parece que estoy en Paris. Aquí unos hablan el francés como normandos; otros como gascones. Como parisienses muy pocos; y de esos los más, hablan el francés de las Barrieres. El señor habla como Mr. Ribeaumont. ¿Conoce el señor á Mr. Ribeaumont?

— Sí: el espiritual colaborador de «Le Courrier de la Plata».

— ¡Cómo me gustan los folletines de «Le Courrier de la Plata»! Yo no sé leer el castellano; pero lo oigo leer á las señoras de la casa, todas suscritas á los principales diarios. A mí me encantan los libros. Mi madre era portera en el colegio de señoritas que dirije madame Arnaud, calle de Valois. Yo les guardaba las novelas que ellas traían ocultas para leerlas en el jardín. En París todos gustamos de leer: los pobres como los ricos. «Le Petit Journal» es nuestra delicia, y la más mísera cocinera, ahorra sus cuatro céntimos para comprarlo.

Y en tanto que extendía los cobertores y arreglaba las almohadas, la charlatana camarera, espetaba á Mauricio aquella palabrería, sin cuidarse de que éste, ocupado en el trabajo que lo absorbía, no la escuchaba.

El sonido de un timbre y rumor de voces y de faldas en la habitación vecina, interrumpió la chachara de Renata, que llevó un dedo á sus labios, y salió cerrando tras de sí la puerta.

XIV

— ¡Oh! qué pesados son estos vestidos de abrigo — decía cerca de Mauricio, con acento quejumbroso, una voz dulcísima. Y se oia el caer de pesadas ropas sobre los muebles.

— ¡Por Dios! hay algo tan brutal como imponer al delicado cuerpo de la mujer este abrumador astrakan y el no menos insoportable bombasí! Era necesario, era preciso, como dice Cienfuegos, que esos confeccionadores de la moda: Wort, Bowctlaw y sus semejantes, estuvieran locos, ó que se hubieran confabulado contra nosotros.—

Y con un suspiro de alivio:

— ¡Ah! — decía— paréceme haber echado de mí dos toneladas.

— Poco te queda que sufrir — contestaba otra voz, también dulce y joven.

— Ya rie la primavera con su florido aspecto.

— Bendita sea ella; y bendito el verano con sus lijeras gasas y sencillas galas. Renata déme Vd. mi baton de cachemira. Gracias. . . ¡Ah! qué liviano es esto! y al mismo tiempo qué abrigado.

-—¡Y qué lindo! — añado yo.— Quién te lo hizo?

— ¿Quién ha de ser? Julia López, tu servidora.—

Mauricio sorprendió á su corazón estremeciéndose al escuchar este nombre. Y cuando la emoción se lo permitió

— ¡Qué bien te está!— oyó decir.

—Lo hice por los últimos modelos de «La Estación»; así, en cuanto la severidad del luto lo prescribe.

— Feliz tú, que puedes emanciparte de la odiosa tutela de las modistas.

— He ahí la única ventaja del pobre sobre el rico; servirse á sí mismo.

— Sin embargo, he aquí, Renata, que está sirviéndote en este momento.

— Como una amiga, ¿no es verdad, Renata?

— ¡Oh! sí, señorita Julia; y con mucho gusto mió. ¡Es Vd. tan buena!

— Ja! ja! ja! Quitándome lo malo: ya se vé . . .

La campana del comedor!

— Es prevención.

— Dios mió! ¿Qué hora es?. . . ¡Las diez y media! ¡Cómo pasa el tiempo! Una clase en el colegio, á dos pasos de aquí; una lección de piano; y ya las diez y media!

—Alicia, quédate á almorzar con nosotras.

—Imposible: me esperan en casa.

— Que no te apure eso, mi hijita. Renata haga Vd. el favor de avisar por el teléfono que la señorita Alicia nos acompaña á almorzar.

— Entonces voy á dejar el abrigo y el sombrero.

— En la alcoba, sobre la cama; porque luego vendrán las muchachas, que, entre clase y clase, todo lo manipulean.

— ¿Y tú no cambias vestido?

—No. Ajusto mi baton con esta cintura de largos lazos; al cuello esta corbatita abullonada como el extremo de las mangas. Así, vés?

— ¡Oh! perfectamente . . . con una gracia!

— Algo teatral, eh? Sabe que por el régimen interior de ésta casa, las jóvenes gozamos de una entera libertad en el vestir; y gracias á la excelente idea de excluir á los hombres de nuestro domicilio, podemos añadir á las galas del déshabillé, lo picante del capricho.

Así, nada tan pintoresco y gracioso como nuestra toilette en la mesa, en los paseos al jardín, y en las visitas de vivienda. Toilette sencilla, pero con el realce de caprichosas fantasías. La túnica griega, el peplum romano, la castellana escarcela. A propósito ¿dónde está la mia? ¡Ah! hela aquí. Ayer la llevé en la comida. Por más señas, á los postres, llénela de confites ¿Ves? deja que te ponga uno en la boca.

— Esquisito. Simula una almendra y tiene todo su sabor.

— Sí, porque es el jugo de esta, condensado. Producto de la Confitería del Lampo: esto lo dice todo.

— Cierto. Qué manos mágicas confeccionan cuanto sale de ese maravilloso emporio de lo rico, suculento y bello.

— Dicen que sus propietarios van á realizar grandes mejoras en ese establecimiento, ya tan acreditado. Entre ellas, hablan de salones magníficos, sobre todo el destinado á las señoras, decorado con esplendor y rigorosamente reservado para ellas.

— Sin duda, los Partiano se han inspirado en el espíritu de esta casa.

— ¡Excelente inspiración! amable galantería que debemos agradecer, aunque solo fuera porque nos librara á la hora de los helados, del insoportable olor del tabaco, esa pestilente atmósfera de todos los sitios frecuentados por los hombres . . .

La campana del comedor sonó otra vez.

— ¿Vamos?

— Vamos.

— Dame el brazo y permíteme ser tu caballero. —

XV

Cuando el silencio, así en torno suyo como en el vecino cuarto, despertó á Mauricio de su profunda absorción, encontróse con la pluma en la mano, de pié é inclinada la cabeza ante la cortina de damasco azul... escuchando!

Detrás de él, en una esquina de la mesa, primorosamente servido, entre un dorado pan y una botella de vino, yacía un apetitoso almuerzo enteramente frio. Aquellos exquisitos manjares parecían resentidos: el bife hacía una mueca, y la tortilla tenía todo el aire de una coqueta ofendida.

Solo las primaverales fresas, agrupadas en su fruterito de porcelana, sonreían á Mauricio y le decían con su incitante perfume — gústanos. Nosotras somos buenas y perdonamos tu desvío.

Avergonzado de su indiscreción, apenas tocó el almuerzo. Tomó un bocado de pan, dos fresas y un dedo de vino. Y como sintiese los pasos de Renata, volvió de nuevo á su trabajo, agachado sobre el papel, para evitar la mirada fisgona de la camarera.

Pero en vano: la parlanchína francesa habíase propuesto tirarle la lengua, y mientras quitaba el cubierto:

— ¡Lástima de solomito! — decía;— ¡lástima de dorada fritura! Ni con el labio las ha tocado.—

¡Nada! Mauricio, pegado á la cuartilla, no se daba por entendido; y escribía, escribía.

Y la pícara, en su empeño, continuaba:

— Pero si no ha comido ni el peso de un adarme. Un cachito de pan y medio trago de vino. ¡Jesús! no lo haría peor un cartujo. —

¡Nada! Más pegado todavía á la cuartilla, Mauricio, callando como un muerto, escribía, escribía.

La astuta camarera, dando otro giro al ataque:

—¡Poder de la curiosidad! — exclamó. — Dos jóvenes charlan en la vecindad, ¡Qué dicen? Fruslerías, fruslerías, que, sin embargo, el señor, de pié, quietecito y el oído en acecho, escucha, al parecer, tan absorto, que no me siente llegar, ni el ruido que hago al servirlo.—

Con gran contento de la pillastrona, aquella bomba produjo el efecto deseado. Mauricio se enderezó; y volviéndose vivamente hacia ella:

—Mi buena Renata — díjole estrechando sus manos— espero que esas señoras no quieran hacerme un calvario por el inocente placer de haber escuchado, no sus palabras, sino el eco dulcísimo de su voz.

— ¡Vaya! no le harían á Vd. un calvario y sí hasta dos, si lo supieran. Pero, ¿quién ha de decírselo? No seré yo, por cierto; yo, que cuando estaba allí con ellas, ya imaginaba que usted estaba ocupado en escucharlas. Porque, señor, para juzgar de los otros con acierto, no hay como poner la mano sobre el propio corazón. Así, cuando encontré á Vd. extático, no lo tomé á novedad.

—Entonces, Vd. me absuelve y no cree que he procedido mal?

— No, por cierto. ¿Qué daño hacía Vd. á esas señoritas en escucharlas?

— Es Vd. una excelente joven; una verdadera francesa por su bondad y honrada indulgencia.

— El señor me favorece. Pero en verdad, nada tan natural. Un joven se encuentra solo, encerrado como en una prisión; oye de repente, cerca de sí, voces frescas que ríen y hablan; y aunque digan nimiedades que él no entiende, interésanle esos misterios femeninos y escucha. A fé mía, yo hubiera hecho otro tanto.

— Querida amiga, me alivia Vd. de una penosa preocupación. Yo estaba confuso, avergonzado.

— ¡Oh! bah! pues yo pienso hacer más: quiero presentar á Vd. las señoras de esta casa; quiero que vengan á que Vd. haga con ellas íntimo conocimiento.

— ¡Qué dice Vd. presentarme á ellas!

— Usted á ellas, no; ellas á Vd.

— ¿Cómo puede ser eso? Vd. se burla.

— Ya verá Vd. —dijo ella con misteriosa sonrisa. Y salió, cerrando tras sí la puerta.

Mauricio se quedó dando vueltas en torno al enigma que había dejado ante él la traviesa sirvienta; en la mente, la imagen ideal de Julia López; en el corazón, el eco dulcísimo de su voz.

XVI

Una ruidosa invasión en la vivienda inmediata interrumpió aquellas cavilaciones. Risas, remoción de muebles, apertura del piano. Una mano inteligente, pero ¡ay! no la mano de aquella noche, recorrió el teclado con una avalancha de melodías.

— Por Dios, Rosita, acaricia ese obsequio de la señora D, no lo aporrees — decía la voz que Mauricio sentía vibrar en su alma.

— ¡Ah!— replicaba otra — esa intemperancia de manoteos es lo único que me desagrada en la escuela francesa.

— Y lo que yo nunca pude sufrir en Gottschallk — añadió la voz temblona de una vieja; — cerraba los ojos para no verlo en el piano; porque me parecía un caballo picado de tábanos. (Perdóneme el arte esta blasfemia).

Rosita, moderando su ruidosa manera, ejecutó una preciosa composición.

— ¿Qué es eso?

— «La Emancipación de la Mujer».

— ¿Quién es su autor?

— Ortíz Zeballos, un artista limeño.

— ¡Un hombre, partidario de esa causa!

— ¡Un fénix!

— En verdad! con qué ardor atacan los hombres esa idea!

— ¡Y con qué argumentos! El otro dia lei en un artículo firmado por una notabilidad literaria:

— El mismo Cristo, en las bodas de Caná, estableció su dependencia del hombre. — Mujer, dijo á su madre, que le pedía un milagro, ¿qué hay de común entre tú y yo?

Alicia, ruégote que tomes de sobre aquella mesa los Santos Evangelios y leas en San Juan las palabras de Jesús á su Madre, en aquella ocasión.

Oyóse hojear el libro y la voz de Alicia leyó:

— Y como faltara el vino, dijo á Jesús su Madre: — «No tienen vino» — y Jesús respondió— «Mujer, ¿qué tenemos que hacer en esto, tú y yo? Mi hora aún no ha llegado».

— Jesús se refería á la edad en que un profeta debía comenzar su obra: los treinta años, que él no había alcanzado todavía. Pero la madre que tenía la seguridad de ser obedecida, dijo á los criados:— «Haced lo que él os dijere.»

Y Jesús obedeció: y por obedecerla hizo su primer milagro: convirtió el agua en vino esquisito que hizo exclamar á los convidados: — «Porqué nos dan ahora este vino que debimos gustar al principio?»

— Pues que de citas equivocadas se habla, ninguna como

la de aquel señor diputado que en plena Cámara llamó precepto evangélico al — «Creced y multiplicaos» — del Génesis.

— Y diputado por Córdoba: la ciudad teóloga por excelencia.

— ¡Ah! y que con todas estas deficiencias se atrevan los hombres á disputarle á la mujer su emancipación!

— Emancipada ó no, la mujer será siempre reina del mundo. Nada en él se hace sin su influencia: todo por obedecerla, para agradarla, por merecerla. Recorramos la Historia, desde los remotos dias de la creación, hasta la hora presente. ¿Qué encontramos? Siempre y en todas partes el culto de la mujer. A ella, por ella, para ella. He ahí el móvil humano en toda la extensión del planeta, como diría Emilio Castelar.

— Puedo afirmarlo yo — intervino la voz de la anciana — yo, que he vivido y visto mucho; yo, que, durante los últimos catorce años, he tenido ante mí, el espectáculo repugnante del despotismo de una esposa y la sumisión dc un marido. Era aquello tan odioso, que más de una vez me sorprendí anhelando para ella la esclavitud; y en él, con un garrote en la mano, una hora de tiranía.—

Risas.

— ¿Quiénes son ellos?

— Por Dios, misia Laurencia, delátelos V.

— ¡Ah! demasiado alto ha delatado una doble catástrofe, esa culpable inversión de la debilidad y la fuerza. —

Siguió un largo silencio. Luego, aquí y allí:

— Ya sé — Ya sé— dijeron varias voces.

¡Ay! — Ya sé — podía decir también, aquel que detrás de la puerta escuchaba.

Y en el corro femenil:

— Usted habitaba en su vecindad, ¿no es cierto? — dijeron.

— En frente mismo de su casa, con nuestros balcones, por decirlo así, cara á cara, mediando solo, entre unos y otros, la angosta calle de Esmeralda: en la mayor proximidad. Sin embargo, y por esto mismo, nunca nos tratamos. Yo no podía sufrir, ni de vista, á aquella mujer autoritaria, que hacía de su marido un esclavo y lo ponía en ridículo con las extravagancias de su capricho. Hace daño el espectáculo de tales desequilibrios en un hogar.

Así, cuando dejé aquella casa al propietario que quería habitarla, aunque hacía años que moraba en ella, me plació alejarme de la proximidad de aquel infierno.

¿Sonríen Vds.? ¡ Ah! otra cosa era oírlo. Aquel eterno contrariar cuanto pensaba ó deseaba el esposo.

Y este! El desventurado, por más que ante ella sonreía siempre, á vueltas de esa sonrisa su semblante estaba triste.

Una vez sola, vilo con aire gozoso. Fué pocos dias antes de su muerte. Salía yo de aquí, á tiempo que él pasaba en compañía de un amigo, á quien decía alegre frotándose las manos:

— Dice V., que tiene curiosidad de saber por qué estoy tan contento?

— De seguro, un buen negocio — replicaba el otro.

— Sí; pues anda V. lejos — breve: es un obsequio que he hecho á mi mujer en el porvenir; y lo mejor aún, sin que ella lo sospeche, siquiera; y todavía, contra la poderosa voluntad de aquella querida criatura.

El desgraciado hablaba así, de aquella que lo arrastró á la ruina y á la muerte.

—¡Pobre mujer! demasiado cruelmente ha expiado sus faltas. ¡Paz á su memoria! — oyóse decir á Julia López, con piadoso acento.

— Yo he hablado así, hija, y hecho esas referencias, para impugnar, ya sea explícita, ya implícita, la emancipación de la mujer.

¿Qué piensa Vd. de ello, Julia?

—Yo pienso que la mujer es la mitad del hombre; que ambos son las dos partes integrantes de un ser; y que, por tanto, están destinados á juntarse y unirse eternamente por el amor, para formar el Todo humano: la idea del Creador.

Mauricio sintió una ola de deliciosa embriaguez inundar

su alma. Él, también, creyó que le faltaba la mitad de sí mismo, parecíale que venía á él, que se acercaba; que la voz que hablaba era la suya y lo llamaba.

Cuando el nimbo radioso que lo envolvía se hubo disipado, y Mauricio pudo darse cuenta de lo que en él pasaba, encontróse profundamente apasionado. Otro habría reido del idealismo de ese amor, encarnado en el sonido de una voz, en la sombra de un velo.

Mauricio le abrió el corazón y se entregó á su misterioso encanto.

XVII

El reloj de la casa, dando las cuatro, despertó á Mauricio de aquel enagenamiento. Parecióle descender de elevadas esferas y miró con asombro en torno suyo.

Su trabajo concluido, enrollado y sobre el sombrero, aguardaba desde las dos de la tarde que debió ser puesto en caja.

Avergonzado de aquella inexactitud, apresuróse á correr á la imprenta, no sin las precauciones del proscrito: escurriéndose sin ruido y cuidando de no ser visto al salir de su cuarto.

Felizmente, el diario había debido preferir la publicación de documentos más urgentes.

XVIII

Aquella noche, Mauricio encontró sobre la mesita central de su cuarto y bajo el globo de gas, un álbum en cuero de Rusia con sus broches de plata cuidadosamente cerrados y un aire de coqueto misterioso.

— Hé aquí el enigma insoluble de Renata — pensó Mauricio.

Nada tan claro y sencillo.

Sin embargo, al abrir aquel álbum, al contacto de sus páginas, sentía algo del pavor que inspira el santuario. Iba á descorrerse el velo que ocultaba al objeto de su amor.

El álbum aquel era un libro sui géneris; una galería de retratos seguida de filiaciones biográficas que le daban interés y novedad. Contenía en orden cronológico las fotografías de todas las señoras que habitaban la casa.

Comenzaba la serie, el retrato de una dama de sesenta años, con ojos vivos y alegrísimo semblante. Su filiación decía que la señora de Sanabria; era viuda de un rico estanciero y poseía campos y haciendas innumerables.

El biógrafo terminaba cada filiación con un chiste referente al carácter de su heroína. Así, de la señora de Sanabria, decía que, de una manera desordenada, tenía la manía de la caridad. Para poner á sus anchas la confianza de sus pobres, declaraba sus riquezas inagotables, conjurándolos á pedir y pedir.

A esta seguía la señora Zarate, antigua directora de un colegio de niñas fundado por la Sociedad de Señoras de la Misericordia y servido por Hermanas del Huerto. El carácter de la Zarate, concluye el biógrafo, es tan recto y justiciero, que, un dia, asistiendo á la clase de religión, oyó á la profesora explicar la escena de Jesús, niño, en el templo, con su Madre y los doctores de la Ley.

— Pues yo, hijas mias — dijo ella dirigiéndose á las chiquitínas — yo, en lugar de mi Señora, en el templo y delante de los doctores de la ley, le habría dado á mi Señor Jesucristo una *limpia* de azotes por cimarrón.

Al siguiente dia, delatada por la hermana profesora de religión, perdía su puesto en la escuela. Pero Aquel que lee en los corazones, indemnizó aquella pérdida, mandándole el beneficio de una herencia con el que vivía tranquila.

Seguía así una docena de viejas que apesar de su insignificancia, Mauricio las contemplaba con profunda gratitud. Ellas habíanle abierto las puertas de aquella casa, donde le aguardaba el dulcísimo sentimiento que llenaba su alma.

Grupos de jovencitas, lindas todas — puesto que la juventud es belleza — llenaban el resto del álbum. Sobre ellas el biógrafo había arrojado una lluvia de flores, de esas flores que convienen á todas las jóvenes, sean grandes ó chicas, rosadas ó pálidas, morenas ó rubias.

Mauricio sintió temblarle la mano y el corazón, al volver la última página. Un cerco de viñetas representando coronan y ramilletes, ofrendas de cariño, rodeaban el retrato de una joven morena, esbelta, de rostro oval, frente elevada y abundosos cabellos. Vestida de negro, con esa sencillez elegante y severa que es y será la moda en todos los tiempos, cruzados los brazos sobre el pecho, apoyábase en la reja de un balcón. Sus grandes ojos negros miraban á lo lejos, y una tenue sonrisa suavizaba la seriedad de su boca. En aquel semblante, á la vez juvenil y reflexivo, había un encanto indefinible, que atraía y hacía meditar.

Mauricio, cerrando los ojos, cotejó aquella imagen con la que había en su corazón. Era la misma, era el ideal que soñara bajo el velo de crespón negro en la rada de Pouillac y en la bahía de Río Janeiro. . .

XIX

¿Cuánto tiempo permaneció así, fija la mirada en aquel retrato, absorto en su contemplación?

Gritos de alarma demandando auxilio alzáronse de repente del interior de la casa, llenando de terror á sus tímidas habitantes, que medio desnudas, asomaban á las puertas, haciendo coro al angustioso clamor.

Vuelto de su abstracción, Mauricio tomó un revólver y se lanzó al través de los patios, guiado por la voz, ya medio ahogada, de una mujer que llamaba en su ayuda.

El lugar de donde partían los gritos, era una habitacion cuya puerta estaba cerrada. Mauricio no quiso llamar: saltó por una ventana y se encontró en un dormitorio, encarado con tres hombres, dos de los cuales pugnaban por amordazar a una mujer, en tanto que el tercero desbalijaba los cajones de una cómoda de donde había extraído un paquete de billetes de banco y un cofre de ébano con incrustaciones de plata.

Los primeros, creyendo sobre ellos la policía, dejaron á la mujer, y abriendo la puerta, huyeron á tiempo que Mauricio les enviaba dos balas de su revolver.

El otro, sin soltar su presa, quiso huir; pero Mauricio, tomándolo por el cuello, lo arrinconó en un ángulo del cuarto. El bandido logró echar al seno el paquete; y sin desprenderse del cofre, con la mano libre, sacó rápidamente un cuchillo y lo hundió en el pecho de Mauricio.

Cuando guiada por Renata llegó la policía, la mano del herido, á impulsos de una convulsión, estrechaba todavía el cuello de aquel caco tan empecinado en el latrocinio, que aferrándose al cofre y paquete de billetes, costó trabajo arrancarlos de sus manos.

XX

Cuando Mauricio volvió en sí, después de largos días de estar entre la vida y la muerte, encontróse en su cuarto, acostado en su cama, el pecho cubierto de vendas, bajo las que sentía, sin darse cuenta de ello, la punzada de un dolor sordo y persistente.

A la semiclaridad que penetraba al través de espesas cortinas en puerta y ventana, Mauricio divisó dos personas sentadas al lado de la cama.

Aquella que estaba enfrente á él, era una anciana.

¿Conocíala?

No podía recordarla, pero creia haberla visto otra vez . . .

De pronto, se sobresaltó, y en su corazón hízose un gran tumulto . . .

Sobre una falda negra, lo único que descubría de la persona sentada á su cabecera, habíase extendido una mano blanca, fina, satinada, con uñas rosadas y transparentes. ¡Oh! esa mano sí, la conocía él. La distinguiría entre mil otras manos bellas, porque la tenía presente, siempre, desde que la vio enjugando lágrimas en la rada de Pouillac.

Mauricio quiso volverse para mirar al dueño de aquella mano; pero, al primer movimiento sintió un dolor agudo que le obligó á quejarse. Sus dos enfermeras se inclinaron hacia él.

— ¡Cuidado, mi hijo!— díjole la una —¡Quietud y tranquilidad! Así lo prescribe el médico. —

La otra guardó silencio; pero fijó en Mauricio una mirada de dulce conmiseración que llenó de delicias su alma. A la luz de aquella mirada, los recuerdos acudieron en tropel á su mente. Los retratos del álbum; su amorosa contemplación; el grito de alarma; el despertar de su arrobamiento; su entrada en aquel interior desconocido; los semblantes aterrados de sus vecinas; su lucha con los ladrones, su herida . . .

Después, allá, como entre nieblas, un largo anonadamiento.

Sus dos enfermeras habían vuelto á sus puestos.

Mauricio cerró los ojos y se quedó inmóvil, entregado á un dulce desvarío.

XXI

Llegó el médico, y tras él las vecinas, que venían á escuchar el diagnóstico del facultativo.

— ¿Cómo vá nuestro enfermo? — preguntó éste, acercándose a la cama.

— ¡Ay! doctor Ramos — respondió la anciana—un momento creímos que volvía en sí y abria los ojos; pero solo fué aquel un movimiento automático; y helo ahí más inmóvil y postrado. —

El médico entre tanto consultaba el pulso del herido y examinaba su semblante.

— Pues yo digo á Vds., señoras, que la fiebre ha bajado hasta el punto de desaparecer. Esa inmovilidad es sueño natural, que es necesario ayudar, dejándolo en completa quietud. Cuando despierte, renovadle el aposito. Esta noche haré yo esa operación que ahora dejo en manos de la señorita Julia; pues, en esta ocasión, ha dado pruebas de hábil practicante.

— Efectos de mi buena voluntad, doctor. —

Mauricio escuchaba radioso.

Habría querido llevar la mano á su herida, para tocar el sitio donde se había posado aquella mano adorable.

Y el doctor, haciendo un ojito de malicia:

— ¡Qué mozo feliz! — concluyó — rodeado de enfermeras tan bellas!

— ¡Ah! doctor — dijo la anciana, que no era otra que la señora de Sanabria — es lo menos que debemos á nuestro salvador. Sin él nos habrían degollado aquellos desalmados.

— Y Vd. perdido sus joyas.

— Y mis billetes de banco: cinco mil nacionales, doctor.

— ¡Demonios! ¿Creo que los tres están en poder de la justicia?

— ¡Ay! ¡Sí! ¡Pobres!

— Doctor, el enfermo tiene mucha sed. ¿Qué bebida le daremos?

— Orchata con hielo, á discreción.

XXII

Ido el médico, formóse en torno á la mesita central el corro femenil. Julia estaba en él. Mauricio, entreabriendo los ojos, veia su silueta destacándose en el claro oscuro del cuarto, blanca, ligeramente pálida en su vestido de luto.

Tenía en la mano un trozo de tela de lino que deshilaba con sus rosadas uñas, colocando cuidadosamente las hebras extraidas en un papel de seda, abierto sobre la mesa.

— Se dá Vd. un trabajo inútil — díjole la señora de Sanabria. — Yo he traído un paquete de hilas de la botica.

—¿Quién sabe qué manos las hicieron y de qué tela?

—Julia tiene razón. Ejemplo: Fernando B padeció dos años de un cortesito en la mano, convertido en una grande llaga, por el uso de ciertas hilas que, averiguado su origen, resultaron ser despojo de la sábana de un enfermo de viruelas.

— ¡Qué horror!

—¿Y ha escrito Fernando B?

— De todos los lugares donde se ha detenido: de Barcelona, de Valencia, de Sevilla. Encantados él y Carmencita.

— ¡Él, desde luego! Es su patria.

— Pues, hé ahí, que, en la ciudad natal, Madrid, aguardábale un gran pesar; uno de esos pesares que es necesario haberlos sentido para poderlos comprender. El dia mismo de su llegada á la Corte, hijo amante, fué á visitar los sepulcros de sus padres, que, diez años antes, había dejado con un adiós de lágrimas y plegarias. Pero al llegar al sitio que antes ocupaba el cementerio, no pudo reconocerlo. Reemplazaban al fúnebre recinto, calles y edificios . . .

— ¡Ay! ¡Padre querido! — murmuró Julia, juntas las manos — ¿quién me dice á mí, que cuando algún dia me sea dado ir á buscar tus amados restos, no encuentre desaparecido el sepulcro que los guarda?

Mauricio envió una execración al destino, que le negaba la dicha de realizar para Julia esos anhelos, que constituían la felicidad de su alma.

Execró, sobre todo, la vanidad de esa utopía que tanto tiempo había mecido sus ensueños. Querer es poder . . .

— El relato de Vd. misia Laurencia, ha entristecido á Julia.

— Pésame de ello. En verdad, que estas pláticas en que se mezcla el dolor, despiertan siempre ecos de reminiscencia en algún corazón. Hablemos de otra cosa.

— ¡Qué bien duerme nuestro enfermo! Si parece que no respira. —

Era que Mauricio comprimía el aliento para mejor escuchar el cuchicheo de aquellas nimiedades que, inmensamente, sin embargo le interesaban, porque Julia tomaba parte en ellas.

— Es hora de renovar el aposito; pero el doctor ha recomendado que se le guarde el sueño.—

A la idea del contacto de esa mano que iba á posarse en su pecho, Mauricio sintió un estremecimiento delicioso que le recordó la leyenda del condenado que, camino del infierno, se despeñó en una sima y . . . cayó en el cielo.

— Al cabo llega Vd., Renata.

— ¡Ah! señorita Julia, en este momento acabo el arreglo de los cuartos. ¿Cómo vá el caballero? ¿Debe tomar alguna bebida?

— Orchata con hielo. Vaya V. á traerla de la Confitería «La Gema». No de otra parte, porque allí la hacen deliciosa. Al volver, compre Vd. de paso el hielo en cantidad bastante á cubrir la garrafa. Porque el hielo dentro del líquido, es malsano.

— Yo creía que la mejor orchata es la que que se hace al minuto: pisando la almendra en el momento de confeccionarla.

— Yo también creía eso; pero un dia tomé una orchata en «La Gema» y declaro que es esquisita.

— Qué magníficos aguinaldos han llegado á esa

confitería; qué lujo y variedad de bombones; qué delicadas masas, y los dueños, los hermanos Baez, tan afables y corteses.

XXIII

El Director del diario en que Mauricio escribía, vino á visitar á su empleado. Fué entonces preciso que el que fingía dormir, se despertara. El distinguido hombre de mundo saludó al grupo femenino con galante cortesía

— Perdón, señoras mias — dijo inclinándose respetuoso. — La oscuridad y el silencio me hicieron creer que el enfermo estaba solo. Grande ha sido mi sorpresa encontrándolo rodeado de tan amable asamblea.

— Confiese Vd., señor, que su verdadera sorpresa fué nuestro silencio — repuso misia Laurencia. — Pero Vd. se engañaba: charlábamos; bien que con el secreto que es el fuerte de las mujeres — concluyó la viejecita, guiñando un ojo con espiritual picardía.

El Director rió del chiste.

Luego, acercándose á Mauricio, informóse del estado de su salud; habló con él de los asuntos del diario; de la importancia de algunos de sus trabajos editoriales.

Después, abordando la broma.

— ¡Ah! señor folletinista — le dijo, volviéndose hacia las señoras para generalizar la conversación; — Vd. ya no se contenta solo con escribir dramas y romances: los pone en acción. Y dando una furtiva mirada á la esbelta figura de

Julia:

— Veo venir el idilio — prosiguió. — A este seguirá un epílogo y un dulcísimo punto final.

A estas palabras, por un impulso unísono de misteriosa intuición, Julia y Mauricio, volviéronse el uno hacia el otro, y sus miradas se encontraron.

Desde esa hora, ambos supieron que se amaban.

Nada de ello tampoco escapó á la perspicacia del Director. Sonrió con la benevolencia que las altas inteligencias acuerdan á estos juveniles poemas de la vida: y se despidió, recomendando á las señoras no engreír á su enfermo, y devolverlo cuanto antes á las luchas del periodismo, — la más fortificante de las convalecencias — añadió riendo.

XXIV

— Ya lo ha oido V., amiguito, — dijo la señora de Sanabria, alzando el dedo con cómica autoridad; — diz que no debemos engreirlo.

— ¡Ah! señora — exclamó Mauricio — jamás podrían Vds. curarme de este delicioso engreimiento.

— ¿Qué no? Vamos á ver — Señoras, comencemos por dejarlo solo y vamos á cosechar las primeras rosas del jardín, para . . . adornarle el cuarto. —

Y riendo, salieron todas en tropel.

Julia iba á seguirlas, cuando sobrevino el médico.

— Hola! Buena señal! Cuando hay alegría, todo vá bien. ¿No es verdad, señorita Julia? Cómo vá, mi joven amigo? Pero ¡bah! deje Vd. que lo averigüe yo mismo. . . ¡Qué! si este pulso está de plácemes. Magnífico. Veamos la herida. ¡Casi cicatrizada! Parece increíble, sobre todo, cuando se ha visto el cuchillo que la hizo. ¡Poder de la juventud! . . . Cuando se ha hecho buen uso de ella, — añadió el doctor, estrechando cordialmente la mano á Mauricio.

— Adiós, señorita. Mañana levantaremos al enfermo, que ya no es tal, sino convaleciente.

— ¿Lo cree Vd. así, doctor?

— ¡Vaya si lo creo! Sí, señorita.

XXV

— Sin embargo — dijo Julia, cuando el médico se hubo ido — por más que el doctor encuentre el pulso excelente, yo veo el ánimo de Vd. decaído. . . ¿Qué siente Vd.?

— ¡Qué siento! Deploro ver llegar la salud, que váá robarme la presencia de Vd. y volverme otra vez para Vd. un extraño.

— ¡Ah! — respondió Julia, en tanto que el rubor encendía sus mejillas — yo creía que el dolor había hecho nacer en nosotros un sentimiento de fraternidad por ambos comprendido y tácitamente aceptado.

— ¡Fraternidad! ¡oh! no se llama así el sentimiento profundo, inmenso, que llena mi alma. ¿A ese lo acepta V.? —

Julia, bajos los ojos, callaba.

— ¡Ah! deje V. que interprete en mi favor ese silencio; indíquemelo una palabra sola, una mirada! —

Las miradas de los dos jóvenes se encontraron.

Y la mano blanca, fina, satinada, de uñas trasparentes y rosadas, se posó en las manos de Mauricio, que la llevó á sus labios.

— ¿Para siempre? — demandó el uno.

— ¡Para siempre! — respondió el otro.

Y quedaron así, juntas las manos, silenciosos, la mente llena de radiosas visiones.

— Esposa mia, — dijo Mauricio, saboreando con delicia esta palabra, — permíteme sellar nuestra eterna unión, colocando en tu mano esta prenda misteriosa que llevé siempre conmigo desde niño, sin saber quien me la diera ni de donde me venía: persuadido solamente de que perteneció á mi madre porque lleva sus iniciales y la fecha de su matrimonio. —

Hablando así, Mauricio quitó del dedo meñique de su mano un anillo de oro y lo pasó al anular de la de Julia. La joven besó aquella reliquia con religiosa unción.

Su bello semblante habíase tornado grave; su voz suavísima tomó un acento solemne.

— Si yo dudase — dijo — si yo dudase de la intervención sobrenatural en nuestro terrestre destino, desde esta hora habría comenzado á creer en ella. —

Y abriendo el secreto de un medallón de esmalte negro que llevaba al cuello, tomó otro anillo de oro quc presentó á Mauricio.

— He aquí — le dijo — la alianza nupcial de mi padre, que yo recogí de su mano, helada ya por la muerte. Los que moran en el cielo, envían á sus hijos en estos signos visibles, su bendición. —

En ese momento las paseantes del jardín invadieron el

cuarto, llenos pañuelos y sobrefaldas de hermosas rosas primaverales, que esparcieron sobre la cama de Mauricio; en los muebles y hasta en el pavimento.

— Así se quitan los engreimientos — decía riendo, la señora Sanabria. — Seguid, señoritas, echadle flores; *date lilia*, como dice Ovidio.

— ¡Ah, señoras mias — dijo Mauricio, profundamente conmovido— ¡cuánta bondad! ¿Cómo podré yo, jamás, hacerme digno dé ella? Razón tenía el doctor, que me llamaba feliz!

— ¡Ah picaro! hacía el muerto y nos escuchaba! Niñas, esto merece juicio y castigo! ¿Á qué pena le condenarán Vds.? Eso sí, ¡por Dios! no ser tan rigorosas como la otra vez. —

Tras breve cuchicheo, alzóse una voz que exclamó:

— Condenado a la concesión antes negada: á ser nuestro comensal.

—Bravo!

— Bravísimo!

— Honorable tribunal: No sé donde existe la costumbre de que el reo, después de oir su sentencia, bese la mano á sus jueces. Yo pido esa pena más, en mi cruel condenación.

Las jóvenes tendieron al sentenciado sus blancas manecitas. Las viejas, todas muy discretas, lo eximieron de esa verdadera penitencia.

XXVI

Como se acercara la hora de la comida, á la que según lo había declarado el doctor y sentenciado el tribunal, Mauricio debía asistir, las señoras se retiraron para dejarlo vestirse y hacer ellas su propia toilette.

Las jóvenes que iban riendo entre ellas.

— Adiós! decían, magestuosos peplums.

— ¡Adiós! encantadoras túnicas griegas de perdidas mangas y dorados flecos!

— ¡Adiós! redecillas de perlas.

— Bandas caballerescas, ¡adiós!

— Ahora, asimilarse lo más posible al último figurín de «La Estación», y así perifolladas, sentarse á la mesa con nuestro bello comensal.

— ¡Ay! mi hija, ¿sabes que me quedé helada el primer dia que entramos á su cuarto, después del accidente? Esa puerta cegada que sirve de ropero, es la que está detrás del piano en tu saloncito, Julieta.

— Yo lo sabía, — dijo Julia, — pero sabía también, y Vds. como yo, que mi vecino estaba ausente.

— Y yo, no obstante eso, temiendo que nos hubiera escuchado, comencé á hacer mi examen de conciencia, pensando en los disparates que pudimos haber dicho. —

La campana del comedor anunció prevención.

Las jóvenes se dispersaron.

Mauricio se apresuró á vestirse.

Con qué sentimiento de gozo vióse, otra vez, en pié, actuando en la vida, y un rayo de felicidad iluminando su alma, Renata vino á interrumpir este arrobamiento.

Armada de plumero y escoba y en las manos una gran jarra con agua, la curiosa camarera se precipitó, más bien que entró en el cuarto.

— ¡Gracias á Dios! — exclamó — He aquí otra vez al señor, sano y listo como antes y mejor que antes, ¡bah! . . . amado por aquel ángel del cielo!

— ¿Qué dice Vd. Renata? No comprendo.

— ¿No comprende el señor? Yo sí. ¡Ah! si hubiera visto el señor las lágrimas que yo he sorprendido, cuando él estaba tendido, cerrados los ojos, y que el doctor auguraba tan mal. Pero ya, ya todo pasó; y yo que creia que no podían ser ya más bellos aquellos ojos que inundaba el dolor, veo que son divinos inundados por la felicidad.

— Renata, Vd. es el órgano de los enigmas.

— ¡Qué semejante el anillo que la señorita Julia tiene en el dedo al que Vd. llevaba antes en el meñique! Pero lo más particular es que ese que lo ha reemplazado, es idéntico á otro: una reliquia que ella guarda en su medallón y aplica á sus labios cuando reza.

— Nada tan natural, somos novios y hemos cambiado alianzas — dijo Mauricio, en la inminente necesidad de poner en buen camino el ansia curiosa de la camarera.

Oyóse de nuevo la campana y madame Bazan vino muy contenta, en busca de Mauricio, para llevarlo al comedor.

XXVII

No hay médico tan hábil para las rápidas curaciones como la felicidad.

A su dulce influencia, Mauricio recobró luego la salud y volvió al trabajo con un ardor, perseveranda y afán que asombraron, inquietándolo, a Emilio, uno de sus compañeros de labor.

Era que tenía prisa de llenar las condiciones que él mismo había impuesto a la realización de su dicha: adquirir, si no una fortuna, un holgado bienestar, al menos, que ofrecer á la criatura idolatrada que iba á ser su esposa.

Pero ¡ah! el lucro en el trabajo, si bien seguro, es lento, y tarda en llegar. Solo con audaces golpes de mano, y no en esa esfera de luz, sino en las regiones tenebrosas de la política, se improvisan las fortunas que con asombro vemos surjir, no obstante conocer su origen. Este pensamiento nublaba á veces su frente. Una mirada de Julia le restituía la felicidad.

— ¡Ah! — solía decirle ella entonces, — ¿por qué no hemos de unir nuestro destino en el trabajo, como se han unido nuestros corazones en el amor? ¿Qué goces de la opulencia igualarán á la dulzura de caminar juntos, á través del destino, y apoyado el uno en el otro, buscar el pan de la vida?

— No, amada mía — respondió Mauricio, con acento de autoridad — nunca permitiría á mi esposa encadenarse á esa ley de labor, misión del hombre.

¡Ah! cuando seas mia, ¿había de dejarte salir de mis brazos para ir á desafiar las humillaciones, á que el trabajo expone á la mujer en el áspero contacto de la vida? ¡Jamás!

— Esperemos — repuso ella — pero, no impacientes, sino con plácida resignación. ¡Ah! en cuanto á mí, encuéntrome tan feliz, que quisiera vivir eternamente en este trocito de cielo.—

Mauricio pensaba también así, en esos dulces momentos; pero en otros, las tristezas volvían á su alma.

XXVIII

— Tienes una carta en el correo — dijo Emilio á Mauricio, cuando éste entraba en la redacción.

— ¿Sí? Pues voy ahora mismo por ella. Quizá es de Francia. ¡Cuánto tiempo que nada sé de aquella querida gente! Y salió á prisa.

— La 3.3S4 para Mauricio Ridel — dijo éste al empleado del Correo en las cartas de posta restante.

Entre varias personas allí presentes, hallábase un caballero que ál oir aquel nombre, volvióse y miró al que lo pronunciara. El empleado con una carta en la mano, dirijió á Mauricio el sacramental

— ¿Puede Vd. dar comprobante de su persona?

— ¿Si el señor quisiera aceptarme por fiador? — dijo á Mauricio con una voz benévola y tranquila, el caballero que en él se fijara.

— ¡Ah! señor — respondió éste — no sé si debo.

— ¿Por qué no, señor? — interrumpió el empleado — con tal fianza, no solamente esto: un tesoro. —

Y dio á Mauricio su carta. Cuando éste se volvió hacia su favorecedor para darle las gracias, él lo interrumpió para preguntarle si era hijo del señor Carlos Ridel.

— Soy su hijo único, señor; y á mi vez suplico á Vd. me

diga por qué me hace esta pregunta.—

El desconocido, sin responderle, presentóle su tarjeta y le dijo: — Ruego a Vd. que, acompañado de alguna persona caracterizada y de antigua relación con el señor Carlos Ridel, se presente en la oficina 128 Rivadavia, donde haré á Vd. una comunicación que muy mucho le interesa. —

Perplejo, sin saber que quería de él el desconocido; pero atraido por el timbre simpático de su voz, buscó su nombre en la tarjeta que tenía en la mano, para saludarlo con la expresión de su gratitud.

— Eduardo M. Coll — leyó. — No conozco este nombre. Pero ¿á quién conoce en su patria el pobre proscrito?

XXIX

— Mi querido tutor — dijo Mauricio, presentándose al escribano D — necesito, una vez más, ampararme de su férula para un asunto misterioso en que debo actuar.—

Y refirió al escribano lo ocurrido en la casa de Correos, entregándole la tarjeta del fiador desconocido.

— El señor Eduardo M. Coll, hijo mio, es Gerente de «La Buenos Aires», Compañía de Seguros en la que yo mismo soy accionista. ¿Qué será ello? Vamos allá. —

El presidente don Emilio N Casares y el Gerente, recibieron al señor D como á un antiguo amigo. Presentado Mauricio Ridel, el Gerente le manifestó que á la muerte de Carlos Ridel, la Compañía había solicitado la presencia de los herederos, y demandado del síndico de la quiebra, la entrega de la póliza número 49 de un seguro que hiciera el señor Ridel.

— La póliza no se encontró, ni en sus papeles particulares, ni en los de la razón social. ¿Existiría en poder de Vd., por acaso?

— No señor — respondió Mauricio — El señor D ha manejado mis intereses, desde la muerte de mi madre, hasta el dia que, por mi orden, los entregó al concurso; y ni él, ni yo, hemos recibido papel alguno perteneciente á mi padre.

— Esme grato decir á Vd, que, en último caso, la presencia del heredero suple la falta de la póliza. Bastaría un documento del señor, con la declaración de único heredero; el certificado del médico y la partida de defunción. Veremos la resolución del Directorio. Si fuera favorable, para llenar ciertas fórmulas, se pondrán avisos por seis dias, solicitando la póliza de vida del señor Carlos Ridel.

XXX

Antes de aquel término el Gerente de «La Buenos Aires» recibía una citación del Banco Nacional con motivo del aviso que por su orden registraban «La Prensa» y «La Tribuna Nacional».

Acudió el Gerente, y supo que allí se hallaba, depositado por el señor Carlos Ridel, un paquete cerrado, que en Junio de 1888 debía ser entregado á la Compañía de Seguros «La Buenos Aires».

Abierto el paquete, encontráronse con la póliza de seguro sobre la vida de Carlos Ridel, por 20,000 $ m/n en 20 años, y en la que constaba el abono de la primera anualidad de 792 $m/n; una carta á su esposa, y en defecto de ésta, á su hijo Mauricio; y una letra por 792 $ m/n á la orden de Carlos Ridel y endosada por éste a «La Buenos Aires», como la segunda cuota que debía pagar por su póliza.

Mauricio leyó la carta que acompañaba estos documentos.

«Cuando leas estas líneas, mi bien amada Lucrecia, — decía Ridel á su esposa — muerto ó vivo, habrás de perdonar mi primera y única desobediencia, en gracia del motivo que la inspiró; helo aquí: Tengo por toda institución benéfica, la más alta estima; y profunda gratitud por las que se levantan en nuestro país. Entre estas, las Compañías de Seguros sónme especialmente simpáticas, sobretodo «La Buenos Aires», por su importancia y valiosa organización. Así, en tanto que me permitas ser su accionista, he querido pertenecerle, al menos, por un seguro».

Mauricio no pudo leer más. Una ola amarga subió á su corazón despertando todos los antiguos dolores filiales. En la vida como en la eternidad, siempre la sombra fatídica de su madrastra venía á colocarse entre él y su padre. Pero, luego, la imagen de Julia, como un rayo de luz, borró aquella penosa impresión.

XXXI

— La Capilla de Nuestra Señora de las Victorias tenía hoy un aspecto imponente. Llenábala el cortejo de una boda. —

Así llegaron diciendo las jóvenes de vuelta de misa de ocho. ¡Una boda! Suena tan bien ésta mágica palabra, que muy luego tuvo toda la casa por auditorio. Y las jóvenes continuaban, y en su entusiasta lenguaje:

— ¡Qué bella pareja! — decían.

—Él, todo un buen mozo; con un aire tan serio y distinguido.

— ¡Ella! ¡Morena más linda! ¡Qué alianza encantadora de lo blanco de la piel y lo negro de ojos y cabellos!

— ¡Muchachas, no hay que exagerar!

— ¡Oh! Si nada hemos dicho todavía. Escucha. —

Y dejando por aquí y por allí sombreros, guantes y abanicos, continuaron, quitándose unas á otras la palabra:

— Qué bien estaba la linda morocha, en su vestido de faya, tan sencillo como elegante, y su velo de tul de seda liso: el todo sin más adornos que azahares naturales.

— Un pié de Cendrillon calzando un zapatito de raso blanco, adornado también con azahares.

—Un precioso abanico formado de mariposas

trasparentes: y chico, á la última moda.

—Pocas señoras; muy elegantes todas.

— Pero ¡qué gran séquito de caballeros! Toda la prensa: el general Mitre, Bartolito, Dávila, Lainez, Vedia, Laurencena, Lalanne, Walls, Ribaumont, Ortega, Alberú, Mulhall y tantos otros.

— Estaban también Eduardo Coll y Emilio Casares que fué el padrino y que dicen ha hecho un regio obsequio á la novia.

—Muchos literatos; el general Sarmiento, Santiago Estrada, José María Zuviría, el ministro de Bolivia doctor Vaca Guzman y tantos otros, hija, que yo no conozco. Apenas cabíamos en la capilla.

— El celebrante, que era el elocuentísimo padre Pera unió á los contrayentes con las palabras sacramentales, pronunciadas con unción conmovedora.

Después, volviéndose al auditorio, habló de la excelencia del matrimonio, de su origen divino, de su utilidad en la comunión humana, de la santidad de su fin, del viático de virtudes que á él debe llevarse.

— Señores, — añadió — permitidme presentaros un modelo de esas virtudes en los cónyugues que acabo de unir: dos hijos animosos del trabajo. El uno, despojándose de una gran fortuna para salvar de la deshonra la memoria de un padre; el otro, en la débil adolescencia, luchando valerosamente con las dificultades de la vida y el desamparo de la orfandad.

Se amaban. Libres, podían unirse el uno al otro. Pero eran pobres; y en la rectitud de su corazón, querían preparar el hogar, antes de traer la familia; y d ados al trabajo, aguardaban, en ese penoso retardo á su dicha, resignados, confiando en Dios y en la fortaleza de sus almas.

Mas, no en vano confiaron en «Aquel que forma de las piedras hijos á Abraham». Existen varias instituciones creadas con capitales formados por la honradez y el trabajo, que con el modesto nombre de Compañías de Seguros, ejercen la más benéfica influencia en la vida económica de los pueblos; porque, cualquiera que sea la forma en que se tome, el seguro encierra el bienestar futuro de la familia.

En el seno de una de esas asociaciones tutelares, «La Buenos Aires», la Providencia guardaba un tesoro que á su hora, hizo surgir para recompensar la abnegación filial y dar la felicidad á los que, creyendo en ella, esperaban. Que el Altísimo os bendiga! –

Y cayendo de rodillas, el hombre de Dios se ; absorbió en mental plegaria . . .

– Corrimos al pórtico para ver el desfile de la comitiva. Veinte carruajes aguardaban alineados, al borde de la vereda. Los esposos, entrelazados los brazos, salieron seguidos del cortejo, que se reunió delante del coche nupcial. El novio estrechando con efusión la mano á Coll.

— ¡Noble corazón! — le dijo — ¡que el espectáculo de nuestra felicidad sea su recompensa!

Y volviéndose á la comitiva cambió con ella una mirada de inteligencia; luego dirigiéndose al cochero.

— Al muelle de pasageros! — ordenó.

La novia mirándolo sorprendida.

— ¡Al muelle de pasageros! — repitió — ¿Dónde vamos, pues?

— A Francia, amada mia, para pedir al sepulcro los restos que lloras y devolverlos á la tierra de la patria.

La joven exhaló un gemido y arrojándose en los brazos del esposo, escondió la frente en su seno.

Todos lloramos . . .

Yo también lloraba.

TALES FROM THE SOUTHERN CONE

AVAILABLE FROM THE CLAPTON PRESS

Translated into English:

The Yocci Well by Juana Manuela Gorriti

Our Native Land by Juana Manuela Gorriti

Brutal Tales by Ernesto Herrera

Mysteries of the River Plate by Juana Manso de Noronha

In the Original Spanish:

La Tierra Natal por Juana Manuela Gorriti

Su Majestad el Hambre: Cuentos Brutales

Los Misterios del Plata por Juana Manso de Noronha

Oasis en la Vida por Juana Manuela Gorriti

Memoirs in English

Rough Notes, Taken During Some Rapid Journeys
Across the Pampas and Among the Andes
by Captain Francis Bond Head

What One Man Saw, Being the Personal Impressions
of a War Correspondent in Cuba
by Harrie Irving Hancock

www.theclaptonpress.com